LIEFFROY TITO

COMPAGNONS

Nouveau départ

Dessin : Manuel Lieffroy

Scénario : Tito

casterman

Merci aux Compagnons du Devoir et du Tour de France pour leur accueil, leur disponibilité, et pour nous avoir fait découvrir, en toute liberté, leur univers si passionnant.

Manuel Lieffroy & Tito

Des mêmes auteurs

Tito

Le Choix d'Ivana

Tendre banlieue

(20 volumes)

Soledad

(6 volumes)

Éditions Casterman

Jaunes

(7 volumes)

en collaboration avec Jan Bucquoy

Éditions Glénat

Manuel Lieffroy

Les Nocturnes

Éditions Mauvaise Foi

www.casterman.com

ISBN 978-2-203-08958-7
N° d'édition L.10EBBN002241.N001
 Achevé d'imprimer en décembre 2014 par PPO en France, sur du papier Perigord 170g. Dépôt légal : janvier 2015 ; D.2015/0053/44

Gare de l'Est, à Paris...
Début mars...
C'est
Juste à
côté.

COMPAGNONS DU DEVOIR
Salut, pays morvan, aspirant cordonnier-bottier dite Rennaise.
Salut, Rennaise! Je suis la coterie Martin, aspirant couvreur, dit Lyonnais!
J'arrive de Metz. Je voudrais voir notre mère. Vous savez où la trouver?
Elle est au premier étage, Tu la trouveras dans son bureau!
Merci!
À plus tard, alors!
Tu veux qu'on t'aide?
Non, ça va aller!

D'accord, on se rappelle !
Tu es Émilie Morvan ? l'aspirant cordonnier-bottier ?
Oui, notre mère, on s'est parlé au téléphone ce matin.
Laisse ton sac ici, Je vais prévenir le prévôt !
Après, je te montrerai ta chambre.
Je ne sais pas si on va le trouver. Il est dans la maison, mais va savoir où.
Tu connais Paris ?
Non, c'est la première fois que je viens.

Quelques heures plus tard.
Salut, Rennaise ! T'es ici depuis quand ?
Salut, Alsacien ! Je suis arrivée tout à l'heure.
Content de te retrouver, Émilie !
Viens t'asseoir avec nous.
Je te présente Thomas, Lyonnais, aspirant couvreur.
...Et Quentin, Provençal, aspirant ébéniste.
Nous nous sommes déjà rencontrés.
Je te sers ?

ONS DU DEVOIR
C'était une semaine chargée mais agréable.
Tant mieux !
J'étais tellement inquiète depuis que l'entreprise où tu travaillais à Metz a fermé !
Maintenant, tout va bien, maman.
Et puis notre mère est adorable avec moi!
Ça me fait drôle de t'entendre dire "notre mère" à propos d'une autre femme que moi !
Tu sais bien que ce n'est pas la même chose, maman.
Ta mère est jalouse, ma chérie.
Mais nous sommes contents que tout aille bien pour toi!

C'est bien Émilie, c'est du beau travail.
Merci, monsieur Garrel.
Mais dépêchez-vous un peu... Ne soyez pas si perfectionniste.
Je suis crevée! Quand je pense qu'il faut que j'enchaîne avec les cours après dîner!
Tais-toi, Manon.
Ne m'en parle pas. Moi aussi j'ai du pain sur la planche.
Vivement samedi, avec la St-Joseph!
Tu vas y participer?
Bien sûr, la fête des charpentiers!
Je ne raterais ça pour rien au monde!

Tu peux aller chercher les autres ?
J'y vais !
On est prêts pour la photo de groupe !
Dépêchez-vous !
Où est Quentin ? Je ne le vois pas ...
Il est déjà là-bas ...
Tu te mets à côté de moi pour la photo ?
Je me mettrai entre vous deux. Comme ça, on aura un souvenir commun.
Si tu y tiens...

Attendez, on va faire une photo rien que de nous trois !
COMPAGNONS DU DEVOIR
Ça fait longtemps que tu connais Quentin ?
Assez. Pourquoi ?
Pour rien, comme ça, pour mieux savoir qui il est...
Le mieux, c'est que tu lui demandes directement !
Il n'est pas très bavard...
Moi, je le suis. Parle avec moi ! Demande-moi ce que tu veux !
Mais c'est ce que je fais.
Oui, mais comme d'habitude, pour ne me parler que de lui.
C'est agréable !
Vous voulez boire quelque chose ? Vos verres sont vides.

On va bientôt pouvoir aller dîner.
Tu viens avec nous ? Qu'on puisse trouver une place ensemble.
Non ! J'ai pas faim.
Qu'est-ce qu'il y a ? Tu ne te sens pas bien ?
Ouais, c'est ça !
J'me sens pas bien du tout ! Je vais me coucher.
Mais qu'est-ce qu'il a ?
Laissons-le. Il va peut-être revenir plus tard.

Le lundi matin
Dommage que tu ne sois pas resté à la fête. On s'est bien amusés !
C'est bien. Tant mieux pour vous !
Qu'est-ce que t'as ?
Tu fais la gueule ?
Non, c'est rien. J'ai mal dormi.
Alors, fais attention, Lyonnais. Ne t'endors pas sur les toits quand tu seras dessus, tout à l'heure.
Ça va, Provençal, occupe-toi de tes meubles. Je connais mon travail !
M
Eh ben ! Bonjour la bonne humeur !

AÏE !
Qu'est-ce que t'as aujourd'hui, Thomas ?
Rien, m'sieur Perez... Ça va aller.
Ouais, ben, fais attention, mon gars ! Sinon je vais être obligé de te demander de descendre !
Dépêchons-nous. Il ne va pas tarder à pleuvoir !

Les jours passent...
CAISSE
CAISSE
Merci, les garçons! C'était une bonne idée, de voir ce film.
Et puis, maintenant, grâce à vous, je commence à bien connaître Paris.
On prend quelque chose?
Tu as dit à Émilie ce que tu prépares pour tailler ta réception?
Je n'ai pas encore commencé à le réaliser. Je n'en suis qu'aux plans pour l'instant.
Oui, mais c'est quoi?
J'aimerais bien faire un grand meuble de rangement pour CD et DVD. Mais très design.
Avec des tiroirs, et surtout différentes essences de bois... Tout.
Ça va être un travail de dingue!
C'est normal, Provençal est dingue!

Comment es-tu venue aux compagnons?
C'est un peu par hasard.
J'avais commencé, après mon Bac, à faire des études de gestion. Ça m'a vite gonflée. Je me suis rendu compte que ce n'était pas ce que je voulais faire.
Et puis j'ai vu une émission de télé qui parlait des Compagnons. Je suis allée à une journée portes ouvertes. J'avais envie de travailler avec mes mains!
...faire quelque chose de plus concret que de la gestion dans une grosse boîte. J'ai hésité entre la maroquinerie ou la cordonnerie.
Et j'ai choisi la cordonnerie!
Et toi, quentin? Qu'est-ce qui t'a fait choisir le bois?
Heu...
Moi, mon grand-père était Compagnon ébéniste. Mon père aussi. J'ai trouvé tout naturel de suivre la même voie.
Lui, il est tombé dedans quand il était petit!
Et toi, Thomas, pourquoi couvreur?
Parce que... j'aime bien être là-haut... quand je suis sur un toit, je me sens libre...

Je comprends.
Hé! Je ne voudrais pas être trouble-fête mais c'est l'heure du dîner!
Alors, Provençal, tu as eu confirmation de ta future embauche à La Rochelle ?
Ouais, ça y est. Le prévôt me l'a confirmée ce matin!
Comment ça? Tu t'en vas bientôt ?
Dans moins d'un mois!
Ah bon ... Tu n'en avais pas parlé...
C'est comme nous.
Nous aussi, nous aurons à reprendre la route.
Bien sûr...
Et puis, c'est bien La Rochelle.
J'adore cette ville.

Tu n'as pas faim ?
Non. Et je ne me sens pas bien.
Tu veux qu'on parle ?
Oui.
Bon appétit, Lyonnais. On se revoit plus tard !
?!
103

Quelques semaines plus tard, après le départ de Quentin...
J'espère qu'il a pu faire quelque chose !...
Bonsoir, Lorrain !
Tu peux entrer, Rennaise !
Tu es pénible, Émilie !... Je ne sais pas ce qui t'a pris de vouloir déjà changer de ville.
En tout cas, t'as de la chance, parce qu'on ne trouve pas du travail comme ça...
Et tu m'as trouvé quelque chose à La Rochelle ?
Non, non... Ton projet pour La Rochelle, il n'a pas marché. Mais je t'ai trouvé l'équivalent dans une autre ville. Tu vas pouvoir aller à St-Étienne.
Mais...
Alors, ce départ pour La Rochelle, c'est pour bientôt, pour toi aussi ?
Ben non... Pour La Rochelle, il n'y a rien. Il m'a proposé St-Étienne.
Tu ne vas pas accepter j'espère ?
Avec toute l'histoire que j'ai inventée pour convaincre notre mère, mon parrain et le prévôt... Je ne peux plus refuser.
Mais tu viendras me voir, quand tu iras dans ta famille à Lyon. C'est pas loin de St-Étienne !
Justement, je ne tiens pas trop à y retourner. On verra !

Il fallait s'y attendre ! Ça aurait été trop beau !
Maintenant, je suis obligée d'aller à St-Étienne...
Ne t'inquiète pas, ce n'est pas ce qui nous empêchera de nous voir ! On se verra moins souvent, voilà tout !
C'est tout ce que ça te fait ?
Écoute, Émilie, c'était à prévoir...
Bon, je raccroche ! Je vais dîner. J'ai faim !
Bienvenue, Rennaise !
Merci.
Tu as eu de la chance qu'on ait pu te trouver un travail à cette période de l'année. Même si c'est un remplacement, juste avant les vacances.
Tu verras avec le râleur, on a un système de covoiturage. Les bus ne sont pas nombreux pour aller en ville.
Viens, je vais te présenter la mère, elle te montrera la maison.
Nous sommes un peu excentrés de St-Étienne, mais tu verras, si tu aimes la nature, c'est assez agréable !

?!
TUTUTUVU
Bonjour, papa.
Oui, je suis déjà arrivée !... C'est très beau.
Oh ! J'ai un double appel... Je vous embrasse.
Bonjour, toi !
Alors ?... elle s'est calmée, ma petite Rennaise ?
Ne commence pas !
Ça doit être elle !

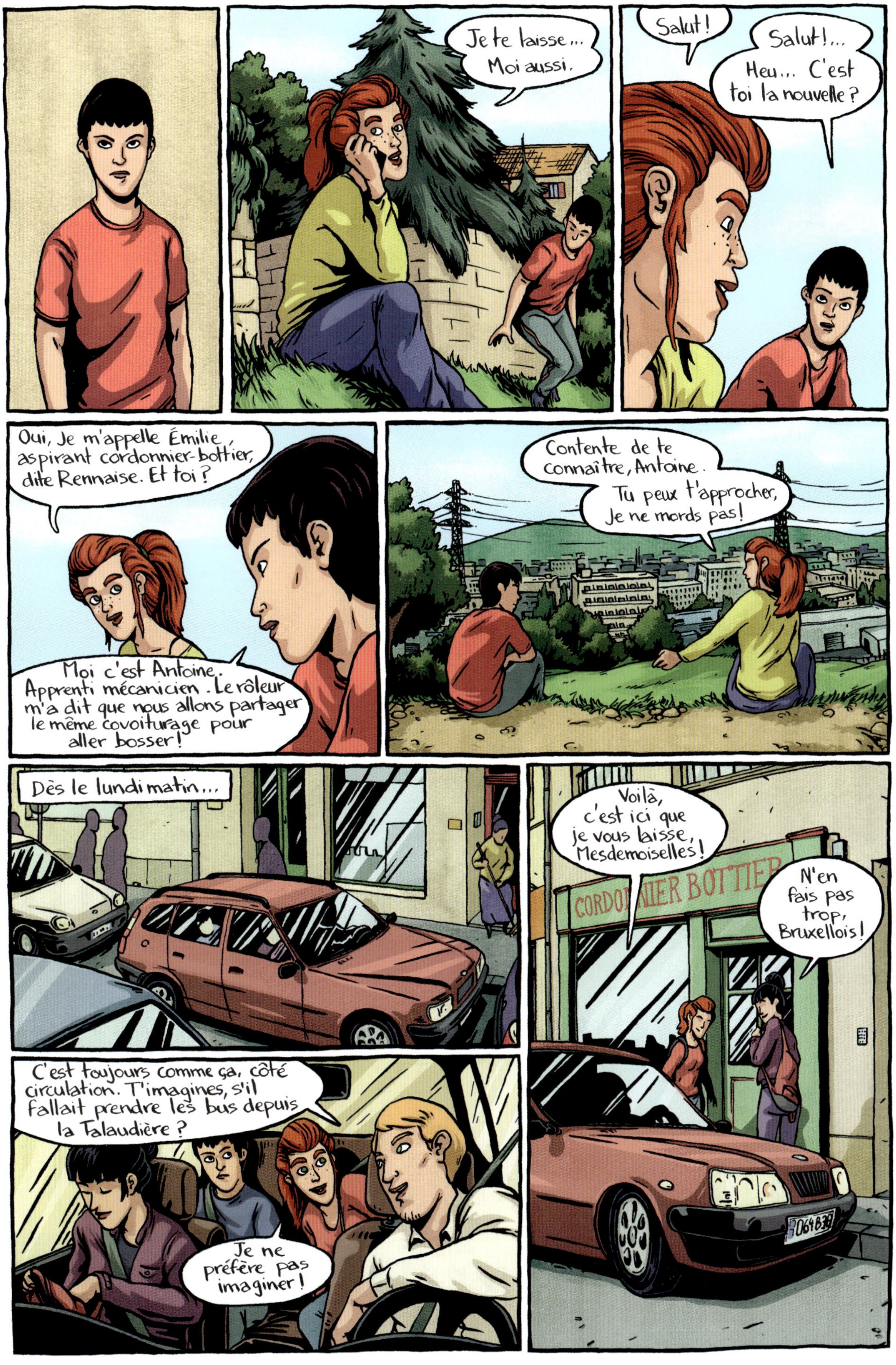
Je te laisse... Moi aussi.
Salut!
Salut!... Heu... C'est toi la nouvelle ?
Oui, Je m'appelle Émilie, aspirant cordonnier-bottier, dite Rennaise. Et toi ?
Moi c'est Antoine. Apprenti mécanicien. Le rôleur m'a dit que nous allons partager le même covoiturage pour aller bosser!
Contente de te connaître, Antoine.
Tu peux t'approcher, Je ne mords pas!
Dès le lundi matin...
C'est toujours comme ça, côté circulation. T'imagines, s'il fallait prendre les bus depuis la Talaudière ?
Je ne préfère pas imaginer!
CORDONNIER BOTTIER
Voilà, c'est ici que je vous laisse, Mesdemoiselles!
N'en fais pas trop, Bruxellois!

Les Jours passent...
Je ne comprends pas, Thomas, il ne répond même pas à mes messages!
Tu lui as parlé récemment?
Il paraît que vous vous êtes engueulés, hier?
C'est de sa faute!...
Même si avec la distance c'est pas facile.
Il a toujours été très pris par son travail. Et depuis qu'il a commencé à tailler sa réception, c'est pire...
Mais ça va s'arranger...
J'espère.
Moi, par contre, je suis plus disponible!... Et pour les vacances, quand je viendrai à Lyon, je ferai un saut à la Talaudière. Enfin, si tu es là!
Génial!
Mais je croyais que tu ne voulais pas revenir à Lyon...
Et que tu n'aimais pas St-Étienne!
J'ai changé d'avis!
Émilie, est-ce qu'Antoine t'a parlé de son anniversaire?
Non, notre mère. Il ne m'a rien dit.
Et je ne le savais pas!
Va le voir. Il ne faut pas qu'il reste seul.
AUX TISSE
Ah Antoine! Tu es là!

Alors, cachottier! Tu ne disais rien alors que tu as un an de plus aujourd'hui?
C'est pas important!
Mais si, c'est important!... En plus on pourrait fêter ça!
À moins que tu ne veuilles pas nous offrir un petit coup à boire!
Je pensais à ma mère!
Heu... Je vois...
Tu veux m'en parler? ...
C'est mon deuxième anniversaire sans elle...
Et c'est le premier sans elle et mon père en même temps.
qu'est-ce que tu veux dire? Il est...
Non, lui, il est vivant. Enfin, il l'était la dernière fois que je l'ai vu. Parce que depuis, pour avoir de ses nouvelles, il faut vraiment être tenace...
Quand maman est morte... On s'est retrouvés seuls tous les deux.

«Si moi, je n'avais plus envie d'aller en cours, mon père a totalement arrêté d'aller travailler... »
« Il a eu du mal à reprendre pied. Il ne mangeait pas beaucoup. Dormait peu... Par contre, boire, ça, il n'a pas arrêté... »
«C'est même devenu pire...»
«Moi, j'ai commencé à faire n'importe quoi...»
«Mon père n'était presque jamais là...»
«Et puis mon oncle Philippe, le frère de maman, m'a parlé des Compagnons... Il savait que j'aimais beaucoup la mécanique...»
Et je suis ici... Ce qui doit bien arranger mon père!
Et pour aujourd'hui, tu as essayé de l'appeler? ...
Je n'arrête pas! ... Je ne fais que ça: essayer de le joindre...
Ça va s'arranger... Il a besoin de temps!
Et moi alors, dans tout ça, qu'est-ce que je deviens?

J'EN AI MARRE !!!
Calme-toi, qu'est-ce qui te prend ?
Ça va aller, ça va aller ! ...
Émilie, est-ce que tu voudrais être ma marraine pour m'aider à préparer mon adoption chez les Compagnons ?
Mais... Je suis trop jeune pour être ta marraine. Il vaut mieux que tu le demandes à un Compagnon sédentaire. Il aura plus d'expérience.
On va en parler au prévôt... L'idéal, c'est que tu choisisses un compagnon mécanicien. Il pourra t'aider, te conseiller pour ton épreuve.
Si tu veux, on le choisira ensemble.
C'est bon. Tu as raison... Je vais demander à Bruxellois. Qu'est-ce que tu en penses ?
Très bien ! Il n'est pas très sérieux. Mais très professionnel !
Merci, Émilie !

La journée est terminée, Rennaise, dépêche-toi, ils vont nous attendre !
Vous avez passé une bonne journée ?
Moi, ça va !
Mais je suis crevée !
TUTUUUT TUTU
Salut, Lyonnais !
Tu sais, je t'avais dit que je viendrais te voir quand j'irais à Lyon, chez mes parents...
Est-ce que tu restes à La Talaudière, la semaine prochaine ?
Oui, je ne bouge pas. Je suis déjà allée voir mes parents il y a quinze jours !
Alors, on se verra la semaine prochaine !
Ouais ! C'est super ! Je suis contente que tu viennes !
Moi aussi, Émilie ...

Quentin ! ...
Mais, tu vas répondre ? ...
TUTUTUUU
Ah, quand même ! Bonsoir, toi !
Bonsoir, ma Rennaise. Tu as de la chance. Je viens juste d'arrêter de poncer...
Tu travailles encore ?
Oui, mon patron me laisse les clés, parfois, je dors même près de l'atelier... Heureusement, comme ça j'avance mieux sur ma réception...
Tu sais que Thomas va venir à Lyon ?
Ouais. Il me l'a dit !
EBENISTERIE
Bon, je te laisse. Vas-y mollo avec ton travail. Ne te couche pas trop tard.
Ne t'inquiète pas, ma petite Rennaise. Je t'embrasse.

Bonjour, m'man !...
Je suis là !
Oh, pardon, mon chéri !
J'ai failli ne pas te reconnaître. Nous te voyons si peu souvent !
Maintenant, tu me vois !
Mais comment es-tu accoutré ?
Ne commence pas, m'man... Sinon je repars !
Ce serait bien dommage. Tes visites sont si rares.
Ton père est encore à son bureau. Si tu veux, nous pouvons aller le voir avant de rentrer à la maison.
Nous le verrons quand il rentrera. Laissons-le travailler tranquille.

Ça nous fait vraiment plaisir que tu viennes passer quelques jours à la maison.
Merci, m'man !
Ma voiture est toujours dans le garage ?
Bien sûr ! ... Mais j'espère qu'elle fonctionne toujours. Depuis le temps qu'elle ne roule pas !
Le lendemain...
Profite de ces quelques jours de vacances pour avancer sur ton travail d'adoption.
Mais ça va aller, tu t'en sors très bien.
Et qu'est-ce que tu prépares ?
Je suis en train de faire un banc de tarage. C'est ce qui permet de contrôler la pression hydraulique !
Ha oui...
En effet ...
Ça doit être bien ! Même si je ne sais pas ce que c'est !
Et ton père ? Est-ce que tu as réussi à le joindre ?
Il paraît qu'il a encore déménagé ! ...
On va faire une recherche avec le prévôt. Il faut bien qu'il assiste à la fête de l'adoption de son fils ...
Il s'en fout !...
Vous verrez !
Salut, Lyonnais !

Tu sais où tu vas aller, après Paris ?...
Et toi, tu comptes rester ici longtemps ?...
J'aimerais bien monter un nouveau projet pour me rapprocher de La Rochelle.
Bien sûr...
Ça te dirait qu'on y aille pendant ces quelques jours de vacances ?... J'ai ma voiture. Et ça nous ferait voir du pays...
Tu ferais ça ?...
Je ferais n'importe quoi, si ça peut te faire plaisir !
Je t'adore, Thomas ! T'es comme un frère pour moi !...
Ouais... Comme un frère...
Bon, en attendant, est-ce que tu connais Lyon ?...
Très peu. Je n'ai pas eu le temps de m'y rendre souvent.
Alors, je vais d'abord te faire connaître ma ville ! Elle est mieux que La Rochelle, tu verras !
On y va maintenant ?...
Attends... Il faut que je me change. Et j'aimerais aussi te présenter un autre Lyonnais. C'est un apprenti, il s'appelle Antoine.
?!?

Tu es d'ici?
Pas de Lyon même, de Vaulx-en-Velin!
BOULANGER
On va peut-être aller manger. C'est l'heure. Et ma mère est très stricte sur les horaires!
T'es sûr que ça ne va pas déranger tes parents?
Ce sont eux qui ont proposé de vous inviter!
Comment dites-vous qu'on vous appelle chez les Compagnons?
Rennaise, madame.
Quelle étrange coutume de nommer les gens par des noms de régions!... C'est tellement charmant, Émilie.
Merci, madame. Nous, on dit des provinces. Mais on m'appelle aussi par mon prénom.
J'espère que ton père ne va pas tarder, sinon, nous passerons à table sans lui.
Bonne idée, surtout qu'on a un planning chargé après le repas!
Thomas m'a dit que vous aviez fait des études de gestion?... Lui aussi a fait des études dans un autre domaine que... Ce qu'il fait maintenant...
Il était même très brillant...
Mais quand j'aurai terminé mon Tour de France... Je serai peut-être aussi un brillant couvreur!...
Je t'en prie, Thomas!
Je ne suis pas trop en retard, j'espère?
Tu arrives à temps, papa!... Maman allait se fâcher!

Vous prendrez un peu de vin, jeune homme ?
Non, merci. Je ne bois pas de vin !
Même pendant les repas ?
Jamais. Merci, monsieur.
Vous avez raison. Vous êtes sage. Et puis pour monter sur les toits, il vaut mieux prendre de bonnes habitudes.
Je ne monte pas sur les toits, monsieur. Je suis mécanicien...
Ah, pardon, je croyais que vous travailliez dans la même discipline.
Papa !... C'est bon. Si nous parlions d'autre chose ?...
Ils sont sympas tes parents. Pourquoi tu es aussi dur avec eux ?
Je ne supporte pas qu'ils soient toujours à dénigrer mon métier !
Ils voulaient que je fasse des études de commerce. Je l'ai fait pour leur faire plaisir...
Mais moi, je voulais être là-haut. Ils ne veulent pas comprendre comme j'aime ce travail !
Enfin, bon, parlons d'autre chose !... Est-ce que tu serais prête pour qu'on parte, dès demain, à La Rochelle ?
Bien sûr !... Je préviens Quentin ce soir.
Tu viens avec nous, Antoine ?...
Heu... Je ne sais pas...

Le lendemain...
Il a dit quoi, Provençal, quand tu lui as annoncé que nous venions lui rendre visite ?
Il était surpris mais content.
Il a intérêt !... Après tous les kilomètres qu'on va se taper pour nous rendre là-bas !
Ça va, Antoine ?... T'es confortable derrière ?...
Ouais, ça va...
Qu'est-ce que c'est que ça ? Les essuie-glaces ne fonctionnent plus ?
C'est pas le moment !
Là, c'est mal parti pour La Rochelle...
Oh, non !

Qu'est-ce qu'on va faire, maintenant ? ...
Moi, j'y connais rien. ... Il va falloir trouver un garage ... Mais on va être obligés d'attendre qu'il cesse de pleuvoir. On ne peut pas rouler sinon.
Si vous voulez, je peux aller voir si c'est réparable.
Tu saurais faire marcher les essuie-glaces ?
Je peux essayer, en tout cas !
Il me faut un bout de fil de fer... T'as pas ça ?
Attends... J'ai un trombone... Ça t'ira ?...
Mets-toi au volant. Tu mettras le contact, quand je te le dirai...
Vas-y, Tu peux essayer !
Ça marche !

Bravo, mon vieux!... On était mal barrés sans toi!
Tiens, prends ce tee-shirt, sèche-toi les cheveux.
Heureusement que t'es là, Antoine!
Quelques heures plus tard...
Oui, c'est nous!... On est arrivés. Tu es où?...
136ASW69
Ah, t'es toujours à l'atelier?... D'accord... Bon, alors donne-moi l'adresse, que je la rentre dans le GPS...
Qu'est-ce qu'il y a?... Il n'est pas à la maison des Compagnons?...
Non, Il dort dans une chambre à côté de l'atelier.
Ah bon?
Salut, ma petite Rennaise!
EBENISTERIE
Salut, toi!
Vous en avez mis du temps!
Et s'il n'y avait pas eu Antoine, on ne serait pas encore arrivés!

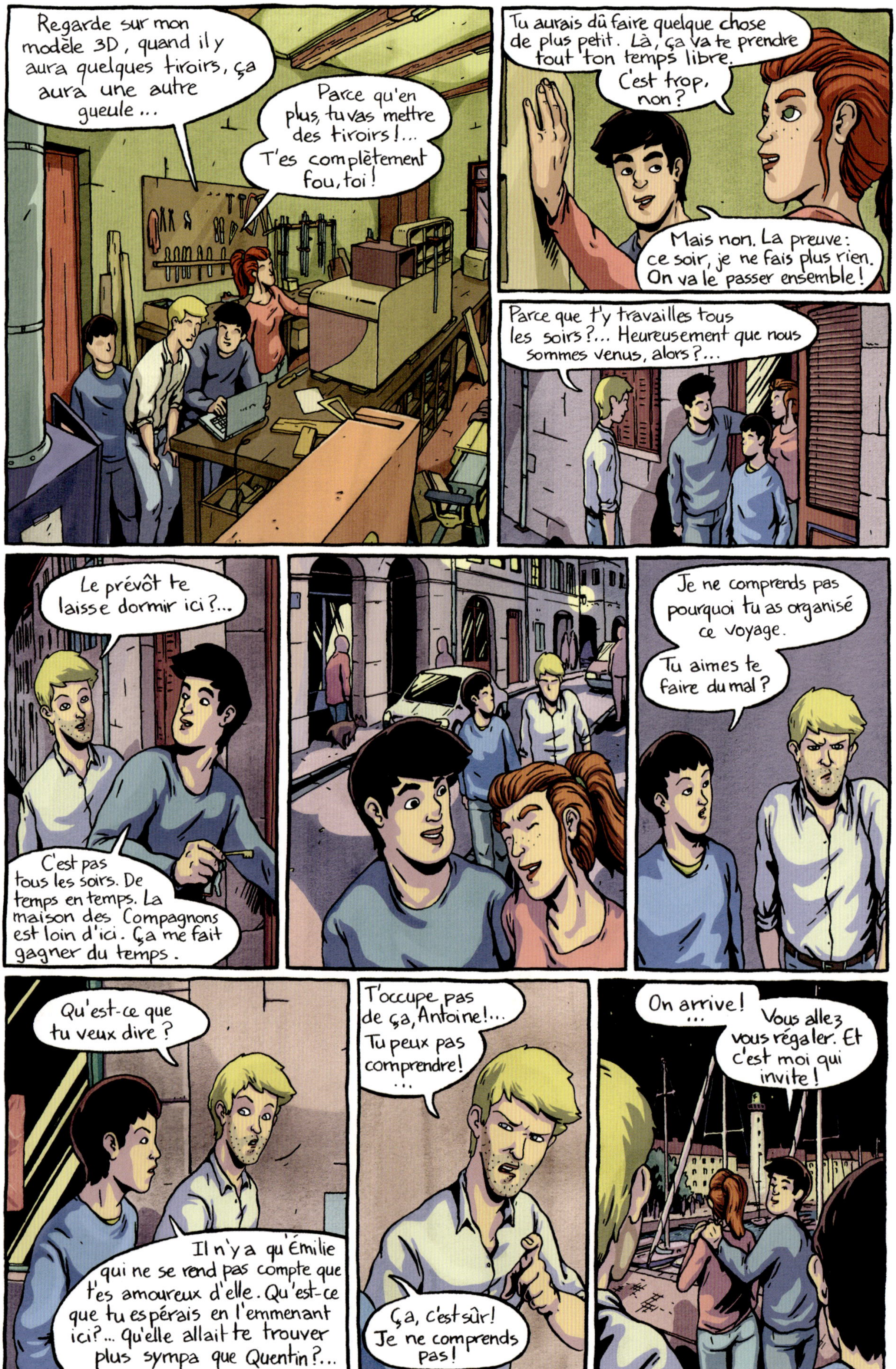

Regarde sur mon modèle 3D, quand il y aura quelques tiroirs, ça aura une autre gueule...
Parce qu'en plus, tu vas mettre des tiroirs !... T'es complètement fou, toi !
Tu aurais dû faire quelque chose de plus petit. Là, ça va te prendre tout ton temps libre.
C'est trop, non ?
Mais non. La preuve : ce soir, je ne fais plus rien. On va le passer ensemble !
Parce que t'y travailles tous les soirs ?... Heureusement que nous sommes venus, alors ?...
Le prévôt te laisse dormir ici ?...
C'est pas tous les soirs. De temps en temps. La maison des Compagnons est loin d'ici. Ça me fait gagner du temps.
Je ne comprends pas pourquoi tu as organisé ce voyage.
Tu aimes te faire du mal ?
Qu'est-ce que tu veux dire ?
Il n'y a qu'Émilie qui ne se rend pas compte que t'es amoureux d'elle. Qu'est-ce que tu espérais en l'emmenant ici ?... qu'elle allait te trouver plus sympa que Quentin ?...
T'occupe pas de ça, Antoine !... Tu peux pas comprendre !...
Ça, c'est sûr ! Je ne comprends pas !
On arrive !...
Vous allez vous régaler. Et c'est moi qui invite !

Tu l'auras terminé quand ton meuble ?
Pfff !... Je n'en ai aucune idée pour l'instant. Ce sont les finitions qui vont être longues.
Et tu vas avoir assez de temps pour tout finir avant sa présentation ?
Il faudra bien !
Bon...
On va peut-être parler d'autre chose.
À la fin de la soirée...
Je reste avec Quentin. On se retrouve demain !
EBENISTERIE
Tu t'attendais à quoi ?...
Je pensais que l'éloignement aurait eu son effet sur Émilie ...
Loin des yeux, loin du coeur. Mais c'est pire qu'avant !
Je ne sais pas ce qu'elle trouve au Provençal... Franchement, il est pas terrible !
Merci, Antoine !... Mais laisse tomber, va ! ...

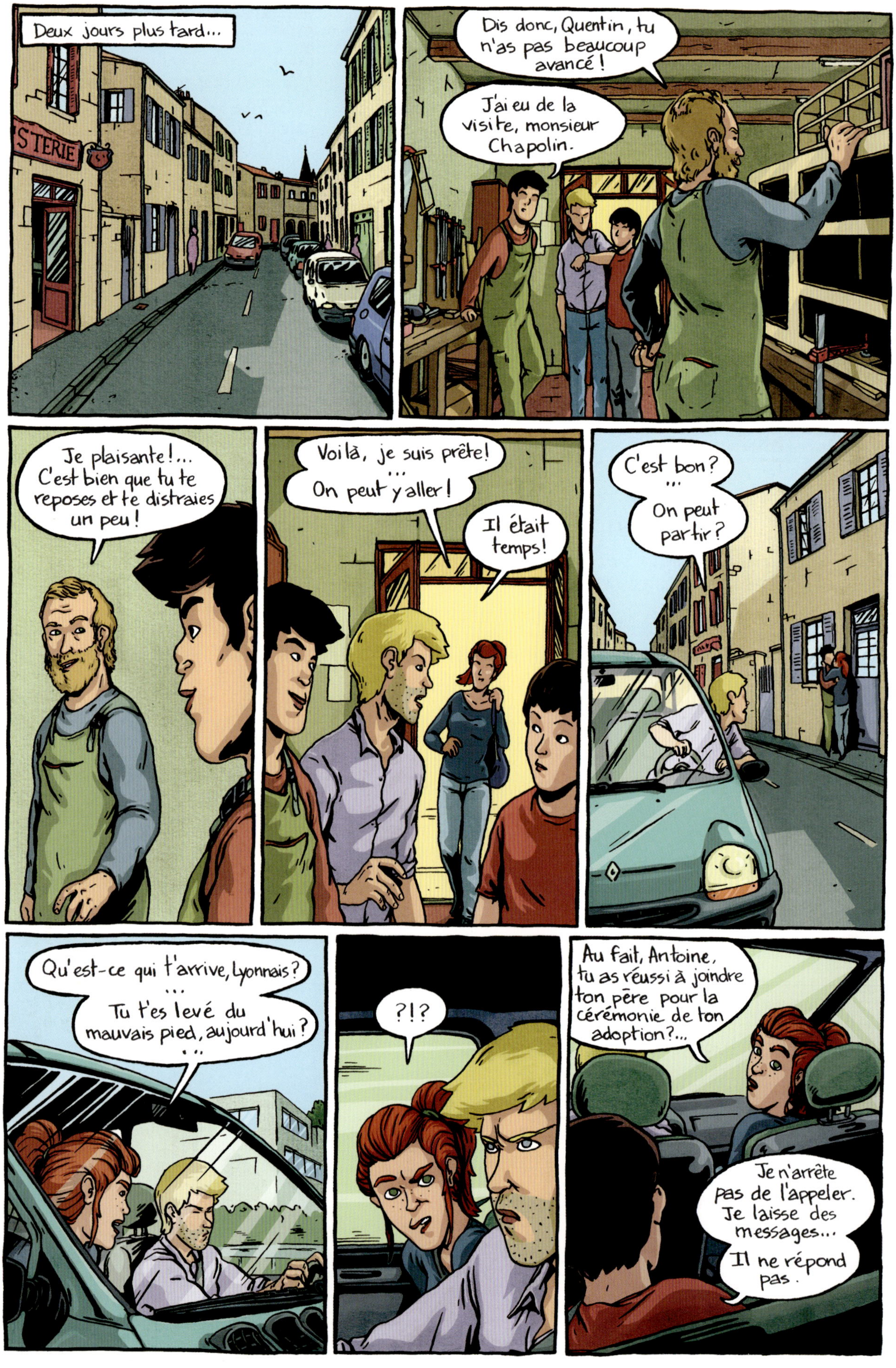
Deux jours plus tard...
Dis donc, Quentin, tu n'as pas beaucoup avancé !
J'ai eu de la visite, monsieur Chapolin.
Je plaisante !... C'est bien que tu te reposes et te distraies un peu !
Voilà, je suis prête ! ... On peut y aller !
Il était temps !
C'est bon ? ... On peut partir ?
Qu'est-ce qui t'arrive, Lyonnais ? ... Tu t'es levé du mauvais pied, aujourd'hui ? ...
?!?
Au fait, Antoine, tu as réussi à joindre ton père pour la cérémonie de ton adoption ?...
Je n'arrête pas de l'appeler. Je laisse des messages... Il ne répond pas.

Tu as toujours habité à Vaulx-en-Velin, avec ton père ?
Oui... Mais il a déménagé. On ne sait pas où...
Tu en as parlé à votre mère ou au prévôt ?...
Ils sont au courant. Ce n'est pas vraiment à eux de s'occuper de ça !
J'ai des amis qui connaissent bien Lyon... Si tu veux, on peut t'aider à le chercher...
Il faudra qu'ils fassent tous les bistrots !... Et encore...
Il a peut-être quitté la région...
Ne t'inquiète pas, Antoine, tu ne seras pas tout seul pour fêter ton adoption !
C'est ce que je lui ai déjà dit.
Dis-moi, Lyonnais, Tu me fais la gueule ?...
Pourquoi je te ferais la gueule ?...
Parce que depuis ce matin, tu ne me regardes même pas quand je te parle !...
Si t'as un problème avec moi, tu me le dis...
J'ai aucun problème... Tout va bien !
J'aime mieux ça !...

La veille de l'adoption d'Antoine...
C'est parfait !... Tout va bien se passer. Pourquoi tu as l'air si inquiet ?
Je ne suis pas inquiet ! ...
Je veux juste t'aider. Tu as voulu que je sois ton parrain. ... C'est à moi de te rappeler que tu as intérêt à être bon...
Tu as bien réfléchi à ce que tu vas dire ?... Pourquoi tu veux entrer chez les Compagnons ? ... C'est important. Ce sera ton moment à toi !
Arrête de me mettre la pression, Bruxellois !
Antoine, tu n'as pas vu notre mère ?... Elle te cherchait pour te parler d'un coup de fil qu'elle a reçu pour toi.
Avec le prévôt, on a essayé de joindre ton père. Sa dernière adresse n'est plus valable. Alors j'ai prévenu ton oncle. Il ne savait pas que tu passais ton adoption demain.
Il me fait te dire qu'il va essayer de venir.
Tu vois ?... Tout s'arrange !
Si tu le dis !

Tout va bien se passer, Antoine.
Tu peux venir, Antoine. On t'attend.
Une heure plus tard...
Je ne t'entends pas très bien ...
C'est moi ! Tonton Philippe ! ...
Je voulais te féliciter ! ... Je suis désolé... J'ai tout fait pour être avec toi... Mais ça a été impossible !
C'est pas grave ! ... Je suis avec mes amis...
Alors, Lyonnais ! ...
Maintenant te voilà aspirant. Tu vas pouvoir commencer à faire ton tour de France !...

Bravo, Antoine ! ...
Bientôt, tu vas pouvoir changer de ville. T'es content ?
Oui.
Ben, on dirait pas ! ...
Je ne sais pas ce qu'il a ! ... L'adoption s'est très bien passée. Mais depuis, il s'est renfermé sur lui...
Toujours pas de nouvelles de son père ?
Non.
J'ai demandé à des amis de Lyon de nous aider à le chercher...
Attention ! ... Ne lui donnons pas de faux espoirs ! Il a déjà eu assez de déceptions comme ça !
Je ne lui ai rien dit. Je te tiendrai au courant s'il y a du nouveau.
Hé, Lyonnais ! ...
Tu n'oublies pas quelque chose ? ...
De quoi je me mêle ?...

Qui te dit que je ne vais pas débarrasser ma place ?...
C'est pas l'impression que tu donnais. Mais tant mieux, alors. C'est bon. Inutile de s'énerver !
Tu me fais chier !
Comment ?
Tu es encore à l'amende, Antoine. D'abord tu vas t'excuser auprès d'Angoumois et tu mettras vingt centimes dans la cagnotte !
C'est bon, le râleur... Mais c'est lui qui m'a cherché !
Si tu continues comme ça, tu vas griller toutes tes économies.
Ils font tous exprès de m'énerver !
Essaie de te contrôler, Antoine !...
Qu'est-ce que tu fais pour tes vacances ? Ça te dirait de venir chez moi ?...
Non. Je préfère rester ici !
Tu ne vas pas rester ici tout seul !... Tu sais, c'est beau du côté de Rennes, je te ferai visiter la Bretagne...
Ça va, Émilie !... Lâche-moi !
Tu n'es pas ma mère !

Je te cherchais, Antoine !... Tu peux venir ?... Le prévôt et moi avons à te parler !
?!?
On a déjà dû te mettre à l'amende plusieurs fois dans la semaine.
Mais si tu continues comme ça, ce n'est pas quelques euros dans la cagnotte qui vont suffire !
Émilie et Bruxellois ont pris ta défense plusieurs fois. Mais maintenant, il paraît même que tu serais désagréable dans ton travail !... Que tu négliges, en plus !...
Tu nous emmerdes, Antoine ! ...
Ha !... Tu vois ? ...
Tu me fais dire n'importe quoi !
En tout cas, ce n'est pas parce que tu es devenu aspirant qu'on ne peut pas te retirer ta canne et tes couleurs !
Oh, non, pas ça ! ...
Alors ressaisis-toi !
Pendant ce temps-là, à La Rochelle...
Tu viens dîner à la maison ?... Ma femme a préparé une de ses recettes, comme tu les aimes...
Merci, m'sieur Chapolin... Je préfère rester à l'atelier. J'ai pris du retard sur mon travail de réception !
Comme tu voudras, mon gars !... Tant pis pour toi.
N'oublie pas d'éteindre la lumière, en partant !... Fais pas comme hier soir !
Ne vous inquiétez pas, m'sieur Chapolin. Bonne nuit !

EBENIST
?!
TUT
TUTUTUT
Bonsoir, ma petite Rennaise! ...
...Moi aussi, j'ai hâte de te voir! ...
Une semaine après...
Salut! ... Lyonnais! ...
Tu es prête ?
T'es certain qu'on ne devrait pas l'appeler avant ?
Bien sûr! ... On va lui faire la surprise!
Tu viens à La Rochelle avec nous, Antoine ?
À La Rochelle ? ...

T'es sûr qu'il ne se doute de rien ?
Je ne comprends pas pourquoi tu veux retourner là-bas ! ...
Pour faire plaisir à Émilie !
Je lui ai parlé hier soir. Il est tellement pris par son travail qu'il ne pense à rien d'autre.
Ça, je l'avais remarqué !
T'aimes te torturer, toi !
Bon, il reste encore de la route ! ...
On repart ?
BENISTERIE
Qu'est-ce que vous foutez là ? Vous auriez dû me prevenir !
C'est tout l'effet que ça te fait de nous voir ?
C'est pas ça... Mais il ne me reste plus beaucoup de temps pour finir mon meuble...
Il y en a marre de ta réception ! ... Pense un peu à vivre !...
Oui, bien sûr... Mais si vous m'aviez appelé, je vous aurais dit d'attendre un peu... de venir une autre fois...
Tu commences à nous prendre la tête avec ton meuble !
On vient de faire plus de 680 bornes pour venir te voir ! ...

...Et c'est comme ça que tu nous accueilles ?!
Attends, Thomas... C'est vrai qu'on aurait dû prévenir... C'était pas une bonne idée.
Tu ne vas pas le défendre en plus ?!
Tu ne vois pas qu'il n'en a rien à faire de nous !...
Maintenant tu le connais mieux. C'est juste un égoïste !
Qu'est-ce que tu racontes, Lyonnais ?... Laisse Émilie en dehors de ça !
Hé !
Du calme, les gars !
Arrêtez !
Pas de ça ici !... Sortez immédiatement !

Arrêtez, j'ai dit !
C'est fini, maintenant !!
ENISTERIE
Bravo, Quentin !... Tu peux être fier de toi !...
Excusez-nous, m'sieur...
Je ne veux plus vous voir dans l'atelier ! Sortez !... Nous en reparlerons demain !
AÏE !
Tu ne vas pas jouer les douillets, maintenant ?
J'ignorais que tu savais si bien te battre.
Il n'y a pas de quoi être fiers !

Je ne vous croyais pas aussi gamins !
AÏE !
On a promis qu'on arrêtait de se battre. Tu ne vas pas t'y mettre.
C'est vrai ça ! T'as l'air tout chétif, comme ça, mais tu sais cogner, Lyonnais !
Tu ne te bats pas mal non plus !
Plus tard, après dîner...
ISTERIE
Sois prudent ! ... Il y a déjà eu assez de coups pour aujourd'hui !
Ne t'inquiète pas !
À demain.
Ben voilà !... T'es content ? ... Qu'est-ce que t'espérais ?
Tu gardes tes commentaires pour toi.
J'dis ça, j'dis rien.

Qu'est-ce que c'est ?
PIMPOM PIMPOM
PIMPOM
PIMPOM
EBEN
PIMPOM PIMPOM
Ce doit être un incendie très proche. On dirait que ...
PIMPOM
C'est pas possible !
Oh non !!!

Oui, capitaine...
C'est mon atelier
qui brûle !...
Éloignez-vous d'ici!
...
C'est dangereux!

Vous ne pouvez pas rester là !
Relève-toi, Quentin, viens !
PIMPOM
PIMPOM
Ils vont peut-être arrêter l'incendie avant que tout ne brûle.
Tout a déjà dû brûler !
Ça aurait pu être pire... Si ça s'était produit avec du monde à l'intérieur.

Quentin, le capitaine souhaiterait te poser quelques questions...
Où sont passés les deux autres jeunes qui étaient avec vous hier soir ?
Qu'est-ce que vous voulez dire ?...
Vous les connaissez ?...
Bien sûr, nous sommes venus ensemble voir Quentin !
Et vous étiez là quand ils se sont battus ?
Oui. Et quel est le rapport ?
J'étais en train de parler avec le capitaine et on se demandait...
Comme tout le monde a assisté à votre bagarre... Mais je ne crois pas que...
Vous avez raison, monsieur Chapolin, il n'a rien à voir avec l'incendie !
Le plus jeune non plus ?...
Ce sont des Compagnons !... Impossible qu'ils fassent une chose pareille !
De toute façon, nous déterminerons l'origine du feu !...

Quelques minutes plus tard...
Ils sont là !
Ouah !... Mais c'est tout l'immeuble qui brûle !
Tu as bien fait de nous appeler ! ...
Vous n'avez rien ?... Qu'est-ce qui s'est passé ?
On ne sait pas, on dormait !
T'inquiète pas, Quentin, on va t'aider à le refaire ton meuble !
Moi, j'y connais pas grand-chose au bois, mais on pourra compter sur d'autres Compagnons ébénistes !
Ok !... Je lui dirai...
Depuis que la télé a passé le reportage, ça n'arrête pas de sonner. Les pays ébénistes de la région te proposent leur aide...
Ah !... Tu vois !
Remerciez-les ! ...
TUT TUT TUT TUT
TUTUT TUTUT TU
J'ai vu que tu as cherché à me joindre ...
Qu'est-ce qui se passe ?... Tu vas bien ?
Moi, ça va. Mais mon travail de réception, c'est autre chose !
Raconte !

Voilà, tu sais tout, papa ! ...
On va sûrement te permettre d'être aidé si tu souhaites refaire le travail ! Tu veux que je vienne avec ton grand-père ?...
Non, merci, papa ! ...
D'autres Compagnons ébénistes de la région, et tous ceux d'ici, m'ont aussi proposé leur aide ... Mais je veux refaire ce travail tout seul ! ...
Oui... Je te comprends...
Oh mon chéri !... J'imagine comment tu dois te sentir. On va vite venir te voir !
Ça va aller, m'man. Mes amis sont là... C'est moi qui viendrai vous voir bientôt, comme prévu ! ...
C'est inutile que tu refasses le même travail de réception. Ton parrain nous a parlé de la qualité qu'avait ton meuble.
On connaît les sacrifices que tu as faits. Si tu veux vraiment le refaire tout seul, alors fais quelque chose de plus simple.
D'accord !
Tu devrais accepter d'être aidé ...
Mais je suis fière de toi ! ...

Bon courage, Provençal!... J'apprécie ta décision. Elle ne m'étonne pas de toi!
Bonne route, soyez prudents.
Quand je pense que les pompiers t'ont soupçonné d'avoir mis le feu!
Ben, maintenant ils savent que c'était un court-circuit!
Pourquoi tu t'es jeté sur Quentin ? ...
Je ne sais pas. J'étais énervé...
Tu rentres quand à Paris?
Dans trois jours...
Avant j'ai des choses à faire à Lyon!...
Dès le lendemain...
CAFE DES P
On va commencer par celui-ci!

Moi aussi... J'ai hâte de te voir ! ...
Tu veux que je sorte ? ...
Non, c'est moi qui sortirai si ça devient trop intime !
J'ai presque fini ma commode. Elle sera plus simple, mais je pense qu'elle est présentable.
J'en suis certaine !
Ils ont confirmé une date pour ta réception ?
Oui. Dans deux semaines !
Te voilà devenu le troisième Compagnon de la famille !
Et de la troisième génération !... Tu l'as bien mérité, mon grand !
Merci, papy !

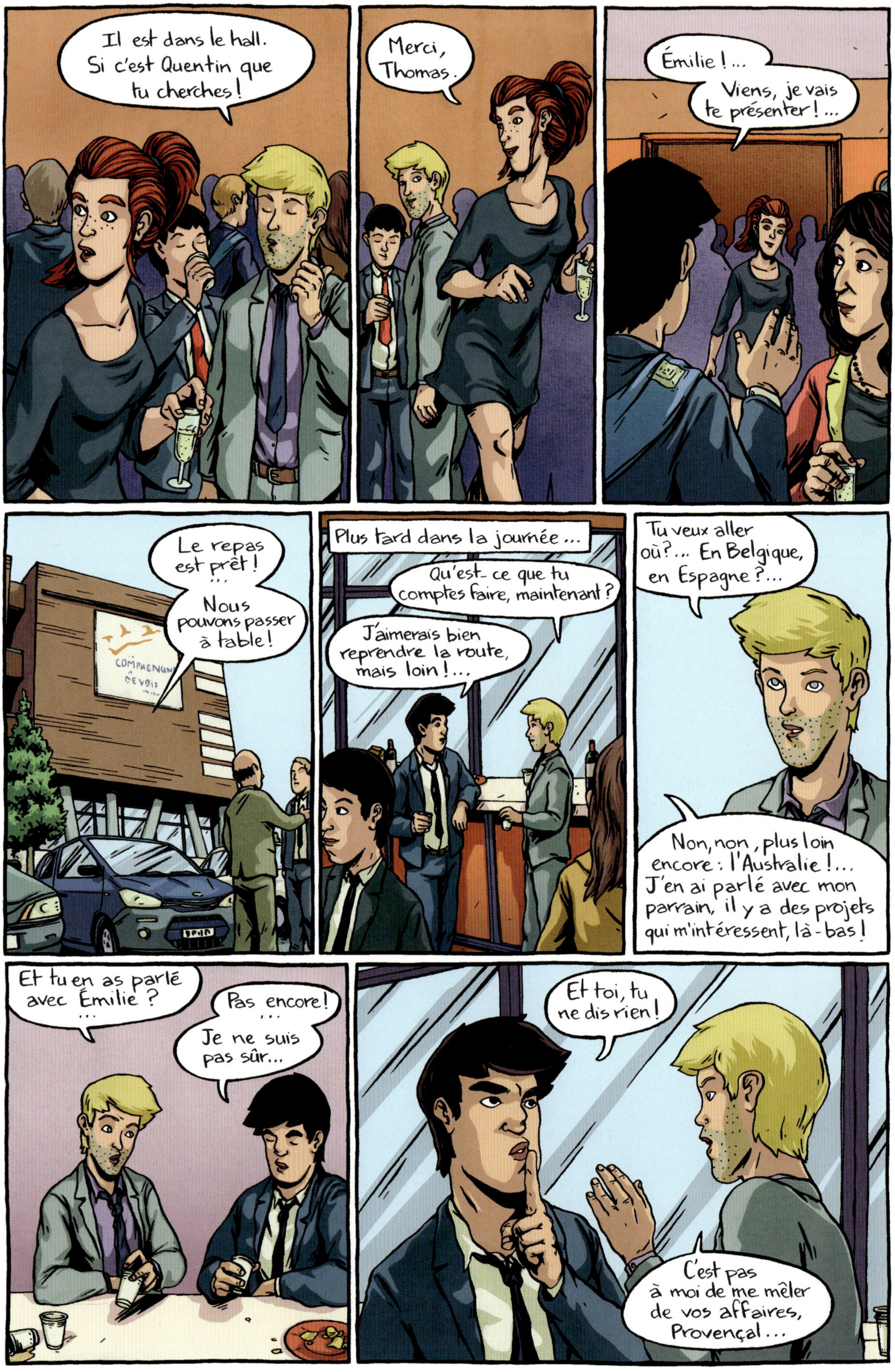
Il est dans le hall. Si c'est Quentin que tu cherches !
Merci, Thomas.
Émilie !...
Viens, je vais te présenter !...
Le repas est prêt !...
Nous pouvons passer à table !
Plus tard dans la journée...
Qu'est-ce que tu comptes faire, maintenant ?
J'aimerais bien reprendre la route, mais loin !...
Tu veux aller où ?... En Belgique, en Espagne ?...
Non, non, plus loin encore : l'Australie !... J'en ai parlé avec mon parrain, il y a des projets qui m'intéressent, là-bas !
Et tu en as parlé avec Émilie ?...
Pas encore !...
Je ne suis pas sûr...
Et toi, tu ne dis rien !
C'est pas à moi de me mêler de vos affaires, Provençal...

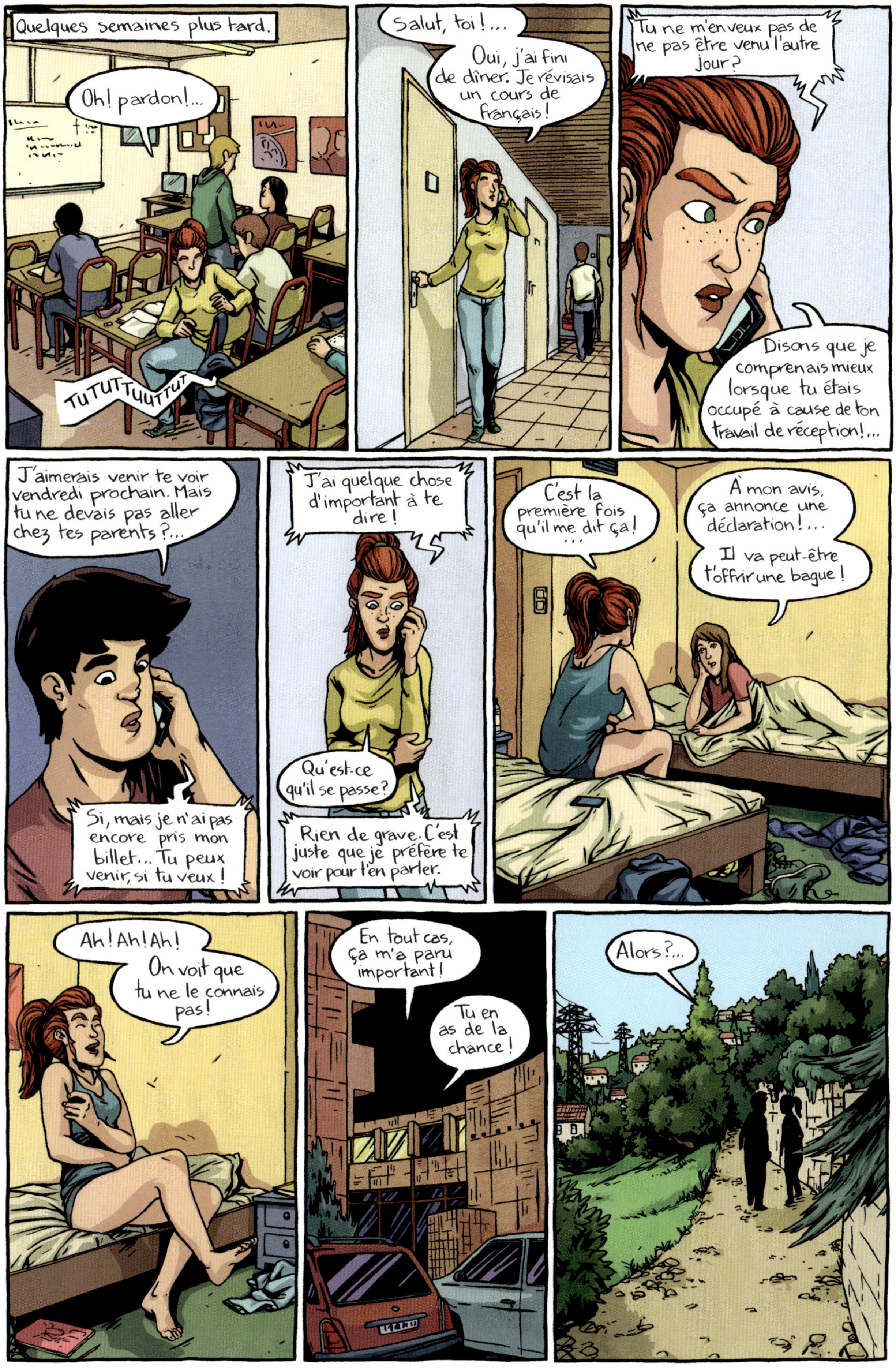
Quelques semaines plus tard.
Oh! pardon!...
TUTUTTUUTTUT
Salut, toi!...
Oui, j'ai fini de dîner. Je révisais un cours de français!
Tu ne m'en veux pas de ne pas être venu l'autre jour?
Disons que je comprenais mieux lorsque tu étais occupé à cause de ton travail de réception!...
J'aimerais venir te voir vendredi prochain. Mais tu ne devais pas aller chez tes parents?...
Si, mais je n'ai pas encore pris mon billet... Tu peux venir, si tu veux!
J'ai quelque chose d'important à te dire!
Qu'est-ce qu'il se passe?
Rien de grave. C'est juste que je préfère te voir pour t'en parler.
C'est la première fois qu'il me dit ça!...
À mon avis, ça annonce une déclaration!...
Il va peut-être t'offrir une bague!
Ah! Ah! Ah!
On voit que tu ne le connais pas!
En tout cas, ça m'a paru important!
Tu en as de la chance!
Alors?...

Voilà, j'aimerais aller en Australie. Et je voulais savoir si tu veux venir avec moi !
En Australie !... Mais pour quoi faire ?... Pour des vacances ?... Pour travailler ?...
Pour travailler, bien sûr !... M'installer là-bas pour plusieurs mois. Peut-être quelques années.
Ça sera énorme !... Je me suis renseigné. J'ai déjà tout prévu.
Et tu as décidé ça sans m'en parler ?
C'est ce que je suis en train de faire. Je t'en parle.
Tu ne m'en parles que maintenant !...
Mais ta décision est prise, si je comprends bien ?
De toute façon, tu pourras continuer à travailler dans ton domaine, là-bas aussi ?
Et pourquoi ce serait à moi de te suivre ?... Je me plais bien ici ! Pourquoi tu ne viendrais pas à St-Étienne ?
L'Australie, c'est quand même autre chose !...
Pour toi, peut-être. ... Mais moi, ça ne me dit rien. Et je n'aime pas qu'on décide à ma place !
Bon écoute, Émilie, c'est simple : je vais partir en Australie.

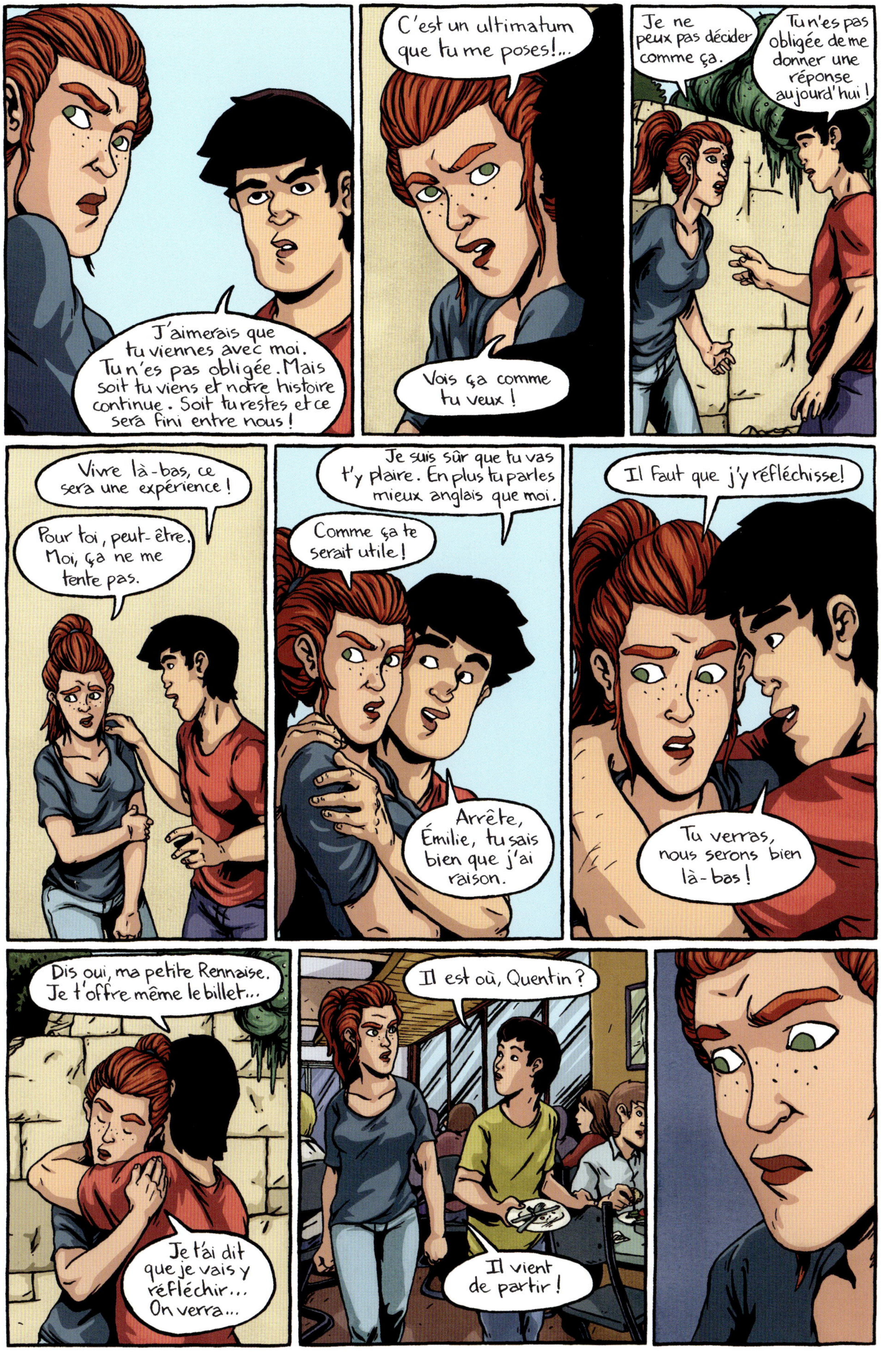
J'aimerais que tu viennes avec moi. Tu n'es pas obligée. Mais soit tu viens et notre histoire continue. Soit tu restes et ce sera fini entre nous !
C'est un ultimatum que tu me poses !...
Vois ça comme tu veux !
Je ne peux pas décider comme ça.
Tu n'es pas obligée de me donner une réponse aujourd'hui !
Vivre là-bas, ce sera une expérience !
Pour toi, peut-être. Moi, ça ne me tente pas.
Je suis sûr que tu vas t'y plaire. En plus tu parles mieux anglais que moi.
Comme ça te serait utile !
Arrête, Émilie, tu sais bien que j'ai raison.
Il faut que j'y réfléchisse !
Tu verras, nous serons bien là-bas !
Dis oui, ma petite Rennaise. Je t'offre même le billet...
Je t'ai dit que je vais y réfléchir... On verra...
Il est où, Quentin ?
Il vient de partir !

Alors ?... Qu'est-ce qu'il te voulait ? ...
Je comprends que cela te fasse peur, mais s'il t'a proposé d'aller avec lui, c'est qu'il tient à toi !...
Je n'ai pas envie de le laisser décider pour moi ...
D'accord, il aurait dû t'en parler avant... Mais il a peut-être juste été maladroit !
Je ne sais pas...
Je vais t'offrir les billets comme promis ! ...
Tu veux choisir le jour du départ ? ...
Non, Quentin... Attends !... Je ne sais pas encore !
Tu as quand même prévenu le prévôt ? ...
Pas vraiment. Je dois refléchir...
Je trouve que tu réfléchis trop !
Les jours passent ...
Ce n'est pas rien. Jusqu'à maintenant, nous avons une vraie relation...
Justement, tu as raison de le suivre. Tu as pris la bonne décision.
Je ne sais pas si c'est la bonne décision !...

C'est au moins le dixième message que je te laisse...
Mais qu'est-ce qu'elle fait ?...
Tu vas nous mettre en retard !... Où est-ce que tu te trouves ? ... Réponds-moi.
J'espère que ce que m'a raconté Lyonnais, ce matin, est une blague !...
Tu ne me ferais pas ça !...
Thomas !
TUTUU TUT

Alors, t'es partie ou pas ?... T'es où ? ...
Ici, à la Talaudière. Comme je te l'avais dit.
Ça tombe bien, j'arrive dans quelques minutes !...
Va chercher Antoine, j'ai une surprise pour lui !
D'accord !... Pour moi aussi, c'est une surprise que tu viennes !
J'espère bien !
Je me méfie des surprises. Il t'a dit ce que c'est ?
Tu verras bien !
rdinier
Salut !...
Vous pouvez sortir, monsieur !
PAPA !